Aux toilettes !

Pour tous les élèves de CP de Céret,
Maureillas, Saint-Jean-Pla-de-Corts,
de Perpignan, du Perthus
et encore plus !
M. & E. R.

www.flammarion-jeunesse.fr

Éditions Flammarion – 82, rue Saint-Lazare – CS 10124 – 75009 Paris
ISBN : 9782080431196 – N° d'édition : L01EJEN002226.N001/ 601240-0
Dépôt légal : septembre 2023
Imprimé en Espagne par Liberdúplex – août 2023
Loi n° 49-956 du 16 juillet 1949 sur les publications destinées à la jeunesse

Aux toilettes !

Texte de
Magdalena

Illustrations
d'**Emmanuel Ristord**

CASTOR POCHE

Notre classe de CP

Pour lire l'histoire, tourne la page ! Pour des activités autour de la lecture, va page 34 !

Mia se tortille sur sa chaise.
Bob l'imite en se moquant.

« Qu'est-ce que tu as ? demande Fatou.
– J'ai envie de faire pipi », dit Mia.

Pendant la récréation,
Fatou et Mia vont aux toilettes.
Mais des grands jouent avec l'eau.

Mia et Fatou n'osent pas entrer.
Elles attendent derrière la porte.

Des grandes arrivent en courant
et les bousculent.
Elles piquent les toilettes libres.
« Oh non ! crie Fatou. C'était à nous ! »

Toutes les toilettes sont occupées.
Sauf une !
Mais la porte ne ferme pas,
car le verrou est cassé.
« Tant pis, va là, je te tiens la porte »,
dit Fatou à Mia.

Basil et Bob entrent pour boire.
« Hi hi, tu fais la garde-porte ? dit Bob.
– C'est qui dedans ? demande Basil.
– C'est pas vos affaires », répond Fatou.

« Y a plus de papier, dit bientôt Mia.
– Je vais en demander à Maîtresse Julie.
– Non, crie Mia, reste ici ! Ça ferme pas ! »

Fatou trouve un mouchoir en papier dans sa poche et le donne à Mia.

Quand Mia et Fatou arrivent
dans la cour, ça sonne :
c'est la fin de la récré.
« Pas déjà ! dit Mia.
– Zut ! dit Fatou.
– Fallait pas faire pipi ! » ricane Bob.

À la fin de la matinée,
Bob lève la main et demande :
« Je peux aller aux toilettes ?
– Non, c'est bientôt l'heure de la cantine,
tu vas attendre », dit Maîtresse Julie.

Bob boude.

Bob se tortille sur sa chaise.
Fatou donne un coup de coude à Mia.
Elle dit :
« Regarde, on va faire comme lui. »

Fatou et Mia se tortillent en imitant Bob.
« C'est pas drôle », bougonne Bob.

Fatou lui tire la langue et dit :
« Bien fait. »

Quand la sonnerie de midi retentit,
Bob saute de sa chaise
et se précipite hors de la classe.

« Il a très faim, on dirait !
dit Maîtresse Julie.
– Non, il a très envie de faire pipi ! »
dit Mia.

Maîtresse Julie rit.
« Je crois que, dorénavant, il ira
aux toilettes pendant les récréations ! »

Je joue pour bien lire

1 **Regarde** bien ces deux couvertures du livre et **trouve** les 5 différences.

Réponse : les perles dans les cheveux de Fatou, les chaussures de Bob, le titre, le flacon de savon dans le lavabo, l'enfant qui regarde par la fenêtre de la porte.

2 **Montre** les mots au pluriel.

des stylos

une casquette

un seau

des lunettes

des casquettes

3 **Lis** les mots suivants à voix haute et **trouve** l'intrus.

lunette

chaussette

tête

toilette

trompette

Réponses : 2) des stylos, des lunettes, des casquettes. **3)** tête.

Je joue pour bien comprendre

1 **Vrai ou faux ?** Aux toilettes, tu dois :

1. Tirer la chasse d'eau.
2. Jouer avec le papier toilette.
3. Ouvrir la porte quand c'est occupé.
4. Attendre ton tour.
5. Te laver les mains.
6. Arroser les autres.

Réponse : 1. vrai ; 2. faux ; 3. faux ; 4. vrai ; 5. vrai ; 6. faux.

2 **Remets** dans l'ordre les étapes pour bien se laver les mains.

1. sèche

2. frotte

3. mouille

4. rince

5. savonne

3 Après la récréation,
Fatou et Mia se moquent de Bob.
Pourquoi ?

Réponse : 2) 3 ; 5 ; 2 ; 4 ; 1.

Je suis en CP

Retrouve les histoires de **Je suis en CP** pour t'accompagner tout au long de l'année.

1

C'est la rentrée !

Dispute à la récré

Le nouveau

C'est l'automne !

Alerte aux poux !

La fête à la cantine

Journée à la ferme

Un chien à l'école

Il neige !

Noël à l'école

Jaloux !

La galette des reines

À fond le foot !

Quelles histoires as-tu déjà lues ?
Quelle est ta préférée ?
Lesquelles aimerais-tu lire ?

2

Jour de piscine

Maîtresse Julie est absente

Le bras cassé

Les anniversaires

Le lapin de la classe

Lou a deux maisons

Aux toilettes !

Noé a un secret

C'est carnaval !

Visite au Louvre

La classe de neige

3

Les amoureux

La fête de l'école

La classe de mer

Chez les pompiers

La médaille d'or

Au centre aéré

La maîtresse se marie

Vive les vacances !

La chasse aux œufs

À la chocolaterie !

Sauvons la planète !

La fête des parents

Plantons des arbres !

Musique !

Pédagogie Montessori
Mieux apprendre grâce aux neurosciences

Des méthodes et des cahiers d'apprentissage